Lucía Serrano

¡PARA TI, PROFE!

Beascoa

Por hacer salir el sol cada mañana.

¿Qué os parecería dibujar soles por toda esta página?

Por hacer de la clase nuestro hogar.

Por tus ganas de aprender.

Por tu creatividad
desbordante.

Por ser valiente.

Por ser MUY valiente.

Porque eres nuestro lugar seguro.

Porque nos escuchas y nos comprendes.

Porque nos encanta descubrir el mundo contigo.

Y que nos acompañes en el proceso de conocernos.

Por todo esto y mucho más,

¡GRACIAS, PROFE!

Las páginas siguientes son personalizables.
Complétalas con dibujos, nombres, sellos...
¡lo que tú quieras para hacer de este libro un regalo muy especial!

Papel certificado por el Forest Stewardship Council®

MIXTO
Papel | Apoyando la silvicultura responsable
FSC® C117695

Penguin Random House Grupo Editorial

Primera edición: mayo de 2025

Travessera de Gràcia, 47-49. 08021 Barcelona

Printed in Spain – Impreso en España

ISBN: 978-84-488-7095-9
Depósito legal: B-4.713-2025

Realización editorial: Araceli Ramos
Impreso en Índice, S. L.
Barcelona

BE 7 0 9 5 9

Para las profes y los profes:
ojalá llegue el día en que toda la sociedad
os valore como merecéis.
Y para mi mamá, por transmitirme
la pasión por aprender;
a mí y a todas sus alumnas y alumnos.